Da amendoeira de minha rua

llewellyn medina

Da amendoeira de minha rua

Apresentação
Sergio Bermudes

Prefácio
Renato César Jardim

Ibis Libris
Rio de Janeiro
2018

Editora
Thereza Christina Rocque da Motta

Design de capa e miolo
Priscilla Andrade

Imagem capa
João Müler, artista plástico

1ª edição em dezembro de 2018.

Dados Internacionais de Catalogação na Publicação (CIP)

Angélica Ilacqua CRB-8/7057
contato@efichas.com.br

M443d

Medina, Llewellyn, 1945-
Da amendoeira de minha rua / Llewellyn Medina ; apresentação de Sergio Bermudes. ; prefácio de Renato César Jardim. – Rio de Janeiro, Ibis Libris, 2018.
86 p.; 14x21cm.

ISBN 978-85-7823-325-9

1. Poesia brasileira I. Título II. Bermudes, Sergio III. Jardim, Renato César

B869.1

Índices para catálogo sistemático:
1. Poesia brasileira

Impresso no Brasil
2018

Ibis Libris Editora Ltda. – ME
CNPJ 09.238.097/0001-40
Rua Pereira Nunes, 395 / 1.701
Vila Isabel – Rio de Janeiro – RJ
CEP 20.541-022
Tel.: 21-3546-1007

ibislibris.loja2.com.br
ibislibris@gmail.com

Associada à LIBRE.
www.libre.org.br

Apresentação

O meu conterrâneo Rubem Braga, que transformou a crônica em gênero literário, do qual foi príncipe, manteve, durante certo tempo, na revista Manchete, uma página intitulada "A poesia é necessária". Lá se vão mais de cinquenta anos. Por isso, rememoro o fato, conquanto temeroso de uma cilada da memória. A verdade é que, esteja correta, ou não, a minha lembrança, a poesia permanece necessária, como será, indefinidamente, pelo futuro adiante. A cada dia, mundo afora, em versos encadeados, soltos, metrificados, brancos, aparecem poemas de diversas espécies que nascem e permanecem como flores de bronze.

Os poemas, aqui enfileirados, atendem a essa necessidade. Por isso, Llewellyn Medina merece aplausos pela iniciativa de publicá-los, entregando ao público as emanações do seu estro, como deveriam fazer todas as pessoas que se dedicam à literatura, usando a palavra como um instrumento artístico. Registro, então, os meus cumprimentos ao poeta, na expectativa de outros frutos do seu espírito criativo, iguais aos já brotados da sua pena.

Sergio Bermudes
Advogado e professor do Curso de Direito da PUC-Rio

Prefácio

Sou conhecedor da verve poética de Llewellyn Medina, de seu texto refinado, intenso e marcante, seja nas obras poéticas já publicadas em seus livros e, em especial, na *Revista de Arte e Cultura dos Magistrados Mineiros - Magiscultura*, onde sua assídua contribuição é motivo de prestígio pela substância de sua escrita.

Em *Da amendoeira de minha rua*, o autor revela um estilo desafiador e crítico. Escorado em memórias marcantes, os poemas evocam uma dimensão existencial profunda que expõe a alma do poeta que, ora exalta a vida, ora angustia-se com o cotidiano que aniquila e choca diante da efemeridade do ser. Nas multifaces de sua poesia, o autor desfila saudades dos lugares onde viveu, aliando a isso algo puramente existencial.

"As amendoeiras de minha rua", sobre as quais a natureza verte lágrimas em "Ode à chuva", estarão com as folhas amarelecidas com a notícia de uma viagem, mas ainda assim sua beleza resistirá, até porque as lembranças, entranhadas sem delir, servem para ser guardadas. As amendoeiras estão e estarão sempre presentes. Elas estão em todo o universo, até mesmo nas margens dos "*rios de minha infância*", onde as águas do rio Todos os Santos, quando enfurecidas, grande oceano mar, saindo de sua estrada, lambem o leito da Rio-Bahia.

A angústia de ser homem revela-se a partir do ponto em que "*não há esquecimento no silêncio da dor/ apenas essa cegueira sem cor/ essa minha fugidia certeza de finitude*" ("*In medio stat virtus* – Segundo volume"). Verseja o poeta e diz que "Chove em meu coração", e caudalosos rios irrigam o seu órgão de sentimento à espera de um milagre. A leitura faz depreender que não se acua a dor e o medo, se as paredes são as do infinito. Não se afogam as mágoas, se elas são aquáticas. São os homens e suas cicatrizes, os homens, mesmo os de fé, diante dos mistérios da vida. Não há poeta sem conflito, sem inspiração, até pode ser, que o digam os concretistas.

Prefiro dizer, atrevendo-me a uma análise crítica do sentimento do poeta, relativamente ao poema "Autobiografia de mim mesmo", que não há um sentimento de inutilidade, pois através de seus versos, de suas mãos, a poesia não morreu e nunca morrerá. Estará indelével e eternizada, inclusive aqui. Se "Morreu a poesia", a exceção está cristalizada também neste livro. Os livros do poeta Medina, e este precipuamente, estarão sempre guardados e presentes. O poeta é o livro prensado em indelével e eterna celulose encefálica, que não se dilui em água, em fogo, em nada. Lembremos o poeta agora e para sempre, pois o nome é imortalizado pela obra. "*Não te guardes para te lembrares de mim quando já usares o verbo no passado*" ("Não te guardes"). Tudo bem, mas a obra estará sempre no presente imortalizado, perpetuada no tempo onde não há matéria, mas simplesmente versos etéreos e eternos. Outros poetas já disseram: "*O corpo, a morte leva/ a voz some na brisa/ a dor sobe pras trevas/ o nome a obra imortaliza*", ou "*Mas quando Deus fechar meus olhos sonhadores,/ serei lembrado pelos bardos trovadores*".

Ninguém pode perder a oportunidade desta viagem poética marcada pelo peso de um grande poeta, pelo encorpado das palavras que levam à reflexão existencial e ao convite a uma poesia moderna e madura, mesmo quando se trata do egocentrismo de um umbigo ("Ode a meu umbigo"). Que visão espetacular do mundo e da vida!

Paro por aqui para deixar intacto para o leitor os caminhos das letras que compõem este livro, para que possam trilhá-los e fartarem-se de uma poesia de excelente cepa.

Mais uma vez, encanto-me com o trabalho de Llewellyn Medina.

Renato César Jardim
Juiz de Direito, Escritor, membro
da Academia Araxaense de Letras;
da Academia de Letras do Brasil - Seção de Minas Gerais;
Presidente do Conselho Editorial da Revista de Arte e
Cultura dos Magistrados Mineiros - MAGISCULTURA;
autor de Imortalidade do Efêmero (2005)

Acorda, Luis Mauricio. Vou te mostrar o mundo
Carlos Drummond de Andrade

5 x 4

A lua cheia
encheu de ouro
a noite escura
que se encolheu
humildemente.

As amendoeiras de minha rua

As amendoeiras de minha rua
na primavera se vestem de verde
profusamente claro e elegante
todas as suas folhas azul brilhante

no verão guardam sombras generosas
as amendoeiras de minha rua
passarinhos se escondem em suas dobras
buscam abrigo que elas dão de sobra

no outono rasga o vento sibilante
despe as vestes da árvore insinuante
as amendoeiras de minha rua

quando o inverno se avizinha triste
sua beleza ainda assim resiste
as amendoeiras de minha rua.

Platitude

Misterioso e enigmático ato de coar café
ampulheta através da qual a vida recomeça
água transformada nuvem irisada
fogo quase silêncio vinho da comunhão
terra quase quietude mar fim de tarde
ar aureolado aroma evaporado

água expulsa a vida do pó
alma foge do corpo
água fogo terra ar
lembrança sutilmente vinda
caminho de retorno ao pó
caminho ao início do fim

a borra do café adere ao coador
pode ser indique a sorte
corredor busca fortuna o norte
traz de volta namorado
bilhete premiado
espanta mau olhado

mãos em concha
retém a água ao lavar o rosto
por instantes o pensamento
água entre os dedos os dentes
para o bom entendedor
um livro de ensinamento

propicia meditar
fugidia vida rotineira ida
rezo ao meu anjo protetor
me guie com singeleza
de volta ao lugar de onde parti
pão posto à mesa
hora de viajar
hora benfazeja.

Manhã de inverno

O solstício de inverno invade
o dia frio do Arpoador janela do mundo
penetra no universo mais profundo
amplitude visão de míope

meço a solidão régua do silêncio
não telefone toque nesse deserto vazio de Deus
não canto de galo solitário
floresta impenetrável prédios sem alma
como havia no tempo de fábula
lobo e cordeiro não dividem a mesma habitação

não eloquência nos discursos dos senadores
moucos ouvidos abandonados na ágora
pais já não abençoam filhos
mães contam-se nos dedos
lembranças vêm de documentários de antigamente

remansoso calor no coração
tristeza daqueles antigos dias
dias antigos frios
minha vista cansada
solstício de inverno
Arpoador janela do mundo.

Pequenos milagres

Imagine pequenos milagres
milagrinhos milagreiros desdenham
beneficiários também

os pequenos milagres que não cometi
trago-os bem guardados
para nunca serem lembrados
para nunca serem lembrados

não prometa pequenas promessas
pequenas promessas não são cumpridas
prometa o sol
prometa o infinito
prometa o nirvana

se der merda
terá justificativa para aquietar o espírito
para justificar o não justificável
assim é a natureza humana.

Este poema que escrevo

Este poema que escrevo
tintim por tintim uma peta
não nele nuvens que encantam
sonhos negros tarja preta

este poema que escrevo
há mil anos escrito estava
de Hesíodo Homero Davi
poetas que – meninos – ouvi

este poema que escrevo
descobri-o em pergaminho
no deserto da Jordânia
guarda do homem a insânia

este poema que escrevo
poema que escrevo em vão
outros hão de escrever melhor
este poema que escrevo
nos muros silenciosos de Pompeia.

Nota para meu diário

Fui hoje ao Arpoador
sentir aquelas ondas lisas para nossa imaginação
ouvir o som puro daquelas pedras silenciosas
alimentar a alma com a tepidez serena da brisa
inquieta e calma

ó sentidos meus
por que tão pouco sentis
ó ouvidos meus
por que não confessas
o que ouvis
e esse alimento
que teima em me faltar

testemunha ao longe o Dois Irmãos
como se testemunhasse o infinito.

Coisa do coração

Coisa do coração é vulcão serpente insidiosa
serpenteia navega pelo sangue pulsante
embriaguez certa fulminante

coisa do coração contraria a razão mais veemente
faz palpitar a respiração incontrolavelmente
o peito arfante busca o ar sem esperança

coisa do coração arma poderosa decisiva
muda o destino torna o mundo sem sentido
quando extravasa tal caudal incontido

coisa do coração quando encontra seu leito
corre célere e impetuosamente
até seu estuário seu repouso seu deleite.

Piso nas nuvens que me cobrem

Minha geladeira Brastemp tem um olho azul
rutilante de ciclope
vaga-lumes pirilampam na maciez da noite
cantavam música com nitidez quase palpável
notas se perdiam no esquecimento da lembrança
o que faz o tempo da fugidia esperança

perdia-me com as mãos nos bolsos
como se neles guardasse o tesouro
que nunca entesourei
na noite de meus dias não havia estrelas

sonhava sonhos os mais desvairados
o corpo ausente despedida fria
febre assintomática vazia
aprisiona vida num instante fugaz

cores incontáveis de um caleidoscópio brilhante
invisível
queimam-me os olhos neste outono tardio
folha seca amendoeira nua levita inconsciente
piso levemente em todas as nuvens que me
cobrem

o ar que me fustiga irrefragavelmente
não é senão minha desesperada respiração.

Sobre o lusco-fusco do entardecer

Seres sem nome vagueiam
do Bronx ao Brooklin
da Penha ao Leblon
vaga-lumes ainda não

banzo ceifa colheita amarga
encantam-se os deserdados de sempre
não é dia
não é noite
lusco-fusco do entardecer

vomito com asco
vômito musgo inerente
consciência de doer a alma
vitima a súcia ensandecida
lusco-fusco do entardecer.

Paisagem

Sala fechada
vidro fosco ofusca
vida circundante
ar-condicionado
máquina de triturar ar
desfigurar ar
purificar ar
sala fechada

paletó gravata
sisudez estudada
respira ar
reconforto ar
ar circunspecto

burocrata governa ensimesmado
paraíso vinte metros quadrados
mundo vasto esquadrinhado
gasto mundo comandado

burocrata sorri pra seus botões
sorriso tosco debochado
botões também gostam de ar
botões não respondem
botões são mudos

seres que falam além sala fechada
vidros foscos ofuscam
seres que falam
sala fechada.

Admirável mundo novo

Tempo em que pedras frias farão discursos
veementes
rosas nuas crescerão espinhos asfixiantes
anjos já não velarão por homens de boa vontade
(não os haverá)
consumidos que foram por novos dicionários
virtude e devassidão simbolizam os mesmos
propósitos

e aqueles que decifram o discurso das pedras
e aqueles que preferem das rosas os espinhos
olharão com perplexidade para seus umbigos
e exclamarão extasiados de si mesmos
ó admirável mundo novo.

Foi-se o tempo

Esquálidos peixes piracemam
voam através de seus resplandecentes corpos
aves de arribação em busca de seu ninho
cachoeira delgada translúcida
fio de navalha armadilha de colher passarinho
foi-se o tempo de fecundar

tempo de não mais mesa posta
famintos devoram raios
clarões espoucam sob a pele de homens sem Deus
formigas desvairadas desfilam sem rumo

e a pedra silenciosa e vazia
ouvinte solitária desse discurso veemente
marco de eras por vir e tenebrosas
foi-se o tempo de colher margaridas.

Tua não infância

Por que buscar na lembrança de criança
infância que não tiveste
a que tiveste não foi tua
não foram teus aqueles pés descalços
descarnados vestidos de tuas ímpias ilusões
aquelas ruas sem nome nunca existiram
agora teimas em chamar de minha rua
ruas em que tuas pegadas apagadas
não eram tuas
ruas nuas lembranças sem pés pegadas cruas
somente existem naquilo de que não te lembras

não insistas em repetir monocordiamente
aquela foi minha casa chuva eccava cava
antigo telhado abafava
molhava pensamentos que dizes pensavas

buscas ainda agora o elo que se perdeu
elo não havia engano teu
não eram teus os sons
chuva parecia ilusão ecoar
escoar nas paredes sem reboco
piso oco calçadas descalças
quanto vazia tua imaginação
vazavam pensamentos se perdiam
amizades que proclamavas
são minhas e as mais caras
amigos não tinhas

aquelas andorinhas que dizes
no meio do ano surgiam
tocavam notas nos fios fantasiados
pauta musical música não ouvias
como ousas dizer que as guardas
música ataviada não eram andorinhas
não havia canto cantoria
nada havia perda melancolia

e dizes buscavas minhoca na terra macia
chuva esmaecida espetava
espetavas malvada inocentemente tanajuras
juras eram tuas diversões imaturas
asas batiam
não eram lembranças
estas não tinhas
nem sonhos poderiam ser fossem
não sonhavas então
sequer tens certeza
se existias.

Autobiografia de mim mesmo

Sentimento de inutilidade
riqueza nem a avareza acumulou
os dias escorrem pela ampulheta
consciência obscura do nada

o que me restou do sonho de ler estrelas
altaneiras em meu soturno céu
presságios anunciados ao léu
tornou-se *déjà vu* em mim

aquele infante que um dia creu
em tempo acordou incréu
não tão em tempo assim
era tarde era tarde se perdeu

ai de mim penso nesses dias
últimos dias de viver ansiado
descrente do futuro
carente do passado.

Os rios de minha infância

Uma lenda embalava aqueles mágicos dias
e que dizia ser o mundo tão pequeno
cabia todo nos limites do Pau Velho
e o rio Santo Antônio banhava aqueles sonhos
e depois era apenas o mundo o vasto mundo
o rio Santo Antônio vinha da Baixinha
vinha da Vila Pedrosa
vinha da Bela Vista
vinha de longe muito longe
de muito longe vinha

banhava o campinho de nossas peladas
serpenteava ao longo da Rio-Bahia
chegava quase ao Beco do Coelho
quase à Farmácia de Seu Menezes
peixinhos de ouro fisgavam anzóis
e depois saltitavam impertinentes
como se arrependidos de sua curiosidade
meus olhos guardavam aqueles momentos
fugidios furtivos etéreos momentos
que o rio Santo Antônio lambia

dizia-se que o rio morria no rio Todos os Santos
dizia-se que morria no "Quente e Frio"
lugar distante de meu universo sem fim
não se sabia onde o Todos os Santos morria
naquele tempo os rios não morriam
como morrem hoje
como hoje morrem até os rios imortais

e o rio repousava nas águas barrentas do Mucuri
que tinha sede do mar
do mar carecia
e o rio Todos os Santos
e o rio Santo Antônio
e o rio Mucuri no mar morriam

quem se lembra do Todos os Santos
quando se enfurecia
e ficava tão grande que diziam
ser grande o oceano mar
ficava tão grande que até a Rio-Bahia
deixava-o lamber sua pele lisa cinzenta

são lembranças que impregnam
as lembranças daqueles dias de sonhos
sonhos que já não sonho mais
envelheceram os sonhos
como envelhecem os rios
que correm vacilantes por minhas veias
e dizem dessa lembrança já tão longínqua
que está prestes a morrer comigo.

Divagações perdidas

Nos dias de minha longínqua juventude
o mundo era vasto e inimaginável
o peso da gota de orvalho
segura pelo mistério da gravidade
que não reteve os dias de minha juventude

perderam-se os dias de minha juventude
o labirinto quis perder Teseu
o Minotauro teima em permanecer vivo
sonhos de toda a vida
não há saída

descer o morro da rua
bicicleta sem freios sem medo
contraponto a essa desesperança de agora
inibe a esperança de toda hora
foram-se os dias de minha juventude
sequer em sonho neles sonho

deixem se esvoacem esses dias
nestes dias já distantes de minha juventude
a realidade inexorável sobrepõe-se
foram-se para sempre os dias de minha
juventude.

Morreu a poesia

São foram tantas as palavras escritas
que a mim só me resta a desdita
a certeza dessa perplexidade
que me corrói
anos que me cegam
nuvens prenhes de chover sobre mim
palavras se embrenham
na leitura do tempo de Ptolomeu
palavras que se escondem em minas preciosas
guardadas folha a folha letras silenciosas
acumulam-se kafkianamente
numa certeza duvidosa de nunca descobrirão
o homem que nunca as leu lerá.

Era assim

A claridade do dia espanta a negritude da noite
para os lados da Austrália
rasgo nuvens sombrias com dedos
tateiam duendes nos cabelos fugidios
um dia foram os meus cabelos
nas mãos retenho toda a ânsia dessa humanidade
ainda não se esvaiu inteiramente

minha mãe tangia um rebanho inteiro
com uma borracha de filtro às vezes de berrante

aprendi nos livros que a Europa enlouqueceu
a Europa era longe
os livros continham exércitos de homens mortos
viajavam entre meus dedos
não os tocavam porque a Europa era longe
a loucura já se sabia perto de mim

pensei ter ouvido o desafio agudo do trompete
trovões e mistérios misturavam-se na semeadura
do esquecimento
minha mãe perdia seu olhar dentro de sonhos
não interpretados
ministrava vermífugo para prevenir a loucura
que sabia ser da natureza das coisas

o som agudo do trompete talvez fosse o galo
rondava o morro atrás do morro

quando o dia vomita a noite no deserto da Austrália
a TV anuncia o carro novo em quarenta e oito
prestações.

Ode à chuva

Salve ó chuva
lágrimas que a natureza verte
sobre a amendoeira verde
de minha rua
vestida ou nua

o som que vem de ti ó chuva
é um som cavo surdo e molhado
como às vezes os sonhos que penso sonhar

salve ó chuva que molha minhas lágrimas
sangram menos a cada dia
a cada dia mais curtos os meus dias
dias como os dias de um solstício de inverno

chuva que cai no auge do verão
chuva que me projeta aos dias de minha infância
e a outros dias os de estio
destes já não me lembro tanto

no entanto louvemos esses dias
ó chuva macia como talvez devesse sempre ser
aquela chuva
aquela que fere
agulha que pinica a pele
faz sangrar lembranças essas lembranças
chuva minha infância que se distancia

enquanto a senectude célere se avizinha
salve essa chuva também
salve ó chuva amém.

Como o bolero de Ravel

Da amendoeira de minha rua
num dia cai uma folha
noutro dia caem duas folhas
e depois caem uma outras e outras mais

(imaginemos que seja outono
estação propícia a que as folhas caiam)

da amendoeira de minha ruua
cai uma folha
caaem duuas
cai uma folha
caem duas
caaeem maais

caaai uma folha
caem duas
caem mais
caaem mais
caaem mais
caaem mais
da amendoeeeiraa de minha rua

da amendoeira de minha rua
num dia cai uma folha
noutro dia caem duas folhas
e depois caem uma outras e outras mais.

Como se fosse o Salmo 23

Quando jovem tive o Senhor por pastor
e então nada me faltava
caminhava galhardamente pelas ruas da acrópole
e meus pés eram ligeiros como os de um antílope
e não havia malefício que me inquietasse

primeiro alimentou-me o amor materno
suas palavras sábias tornaram-me nobre
e de elevados propósitos
havia então pureza de espírito em mim
e generosidade em minhas ações

depois tive braços carinhosos e tenros
que me cingiram com enlevo
e mãos sábias e prenhes de amor
que me fizeram descobrir os encantos do universo
que habitava em mim

minha jovem alma era leve e lampeira
podia seguir ligeira
pois a senda era ladeada por campos de girassóis
e cantos de regozijo ecoavam à minha volta
como se fosse o melhor de Mahler
pois o Senhor estava comigo

alimentava-me de mel e leite com fartura tal
que transbordava de meu cálice
havia bondade misericórdia e alegria de viver
no mundo de então
e amparo e aconchego para minhas costas
e nem os inimigos me invejavam
e cria que o mundo haveria de ser lugar propício
para habitar
pois o Senhor estava comigo

minha jornada continua ainda
os pés sangram-me da aspereza do caminho
que já se anuncia apocalíptico
pois não sei para aonde me levará ao fim

os inimigos babam raivosamente em minha cerviz
sinto seu hálito pegajoso e doentio
já não há esperança para meu espírito cansado
braços e abraços esmaeceram na lembrança
que também foge pelo orifício da ampulheta

resta-me apenas a certeza do fim
que acolherá o que sobejar de mim
não sei se haverá sossego para esses dias
nem por aonde andará o Senhor
que um dia foi o meu pastor.

Quando souberes que viajei

En metáfora de viaje me dijeron su muerte.
Jorge Luis Borges

Quando souberes que viajei
repares nas folhas amarelecidas da amendoeira
nasceram de minhas veias
num movimento simétrico *pas de deux*
vento e sombra de mim tecem
essa imaginação companheira

vou com se foram
aqueles dos quais um dia vim
e aqueles que de mim um dia virão

lembranças servem para ser guardadas
até que o crepúsculo evanesça placidamente
pássaros e plantas serenem em sua alegria
a noite venha entrada lânguida e silenciosamente
certeza de imortalidade fugidia

até amanhã
é uma viagem para sempre.

A quietude das coisas

Imagine a indecifrável quietude das coisas
por exemplo a chuva
a lua triste brota do asfalto suado outra lua
a chuva esguia contra a noite fria parede nua
a mariposa encantada a lua na lua inexorável
o Ícaro voa inebriado ao encontro do sol
até despencar-se de si mesmo em sua devassidão

noite imóvel de insônia sem sonho
o anjo me transporta para fora de mim
será poesia essas letras escritas em fogo
essa luz que queima em minhas veias
esse corpo ensandecido de lembranças esquecidas
essa busca vã da quietude das coisas

homens sem sombra sedentos de coca-cola
vagam em desespero à cata do poço o oásis
não aliviará a sede daqueles desamparados
e essa busca vã da quietude das coisas

mulheres sem lábios beijam crianças arianas
sugam ao engulho a falsa imortalidade
à mesa o messias com sua alcateia de gravata
borboleta
ouve laudatório canto chão e incompreensível
essa busca vã da quietude das coisas

o custo da cesta básica é manchete dos últimos
jornais
viver é preciso
salve ó Deus que criou esse milagre
da quietude das coisas que se buscam.

É tudo questão de entendimento

Ao invés de se lançarem todas as rosas não colhidas
sobre Hiroshima Auschwitz
e todas as bombas choveram uma chuva ardente
até desaparecer o arco-íris
que enfeitava teus cabelos
e me fugia entre os dedos
desliza o peixe dourado
saltitam pedras veementes
adubam os campos de cruzes simetricamente
plantadas
campos em que um dia a mocidade vadia
cobria-se com peneiras
que filtravam nuvens
sombras acolhedoras esgares podridão

não se aparam balas com o som da música
dodecafônica
não se constroem pirâmides
sem que se amontoem esqueletos em construção.

Ó natureza nós vos recriaremos

Por que o cão não mais canta meus anseios
seu contraponto a meus devaneios
por que o galo não mais se indigna veementemente
quando rompe a aurora teimosamente
ainda que esmaecida contra aquele soturno
desdentado prédio
em que desesperançados se escondem atrás de
sua solidão

por que não mais ouço o canto nostálgico
da cigarra brilhante
que emoldurava meus longínquos tempos de
infante
quando a chuva batia na crespa pele do asfalto surdo
e impermeável ao que então abundava
de encanto rudo

por que a chuva antes alimento da vida alegria
não mais pinica com suas agulhinhas
o úbere da terra que um dia abriu o seio
e a recebeu como sêmen início de mim
cheirinho de tenra terra macia flor de alecrim

e rosas prenhes de nascer
soturnas plantações de automóveis sem alma

ó natureza nós vos recriaremos
nos esconsos de nossos imitadores laboratórios
vos exibiremos em nossos museus de holocausto.

Lenda urbana

Minha mãe
a mãe de minha mãe
a mãe da mãe de minha mãe

minha filha
a filha de minha filha
a filha da filha de minha filha

tangem inconsútil nuvem de linho do Egito
tecem com sonoros bilros a vestimenta de
Penélope
soam como o batuque de Lorenzo Fernandes

a mãe da mãe da mãe de minha mãe
cachimba numa calma de mil gerações
esparge vaga-lumes em torno de si
um gigantesco e enfeitado obelisco de carnaval

era o início de tudo sob a esfera de ouro
o início de minha mãe
o início da mãe de minha mãe
o início da mãe da mãe de minha mãe

a filha da filha de minha filha
dança com dedos ebúrneos no mágico tear
e o manto inconsútil cobre a vastidão do mundo
uma paisagem de todos os mistérios do Pentateuco
uma mágica explicação de nossos fantasmas

quem disse que Deus criou o céu e a terra
e que era bom tudo aquilo criado
(e dançamos todos e dançamos)

é contra um insano tratamento
que as coisas morem no coração do cão
que perdeu o olfato
e guia um incréu empedernido no Caminho de
Santiago
pois se ouviu dizer
que talvez Deus tenha sobrevivido ao holocausto

foi nesse dia que Van Gogh descobriu a tristeza
a tristeza dos girassóis nos campos de Provence.

A hora da indesejada das gentes

Quando vier a indesejada das gentes
essa "flor que nasce fora da estação"
por que demoraste tanto
a ponto de não seres mais bela
como os gregos costumavam chamar-te de

por que esperaste
que ultrapassasse os dias de Nestor
quase os de Matusalém dias faustos
dias que me permitiste ir além

pois se não há hora propícia
poderia ter sido antes de pecar
ou depois de quando sem malícia
vencido por fraqueza
prazer desafio natureza
sabia que estavas à espreita

venha indesejada das gentes
quando chegar a hora azada
que a admoestação de Sólon
seja a última palavra esperada
que de mim ouvirás insisto
chegaste no teu tempo
seja bem-vinda.

João Bobo

Eis o inusitado
João morreu de paixão
quem soube duvidou
já não se morre de amor
acaso João endoidou

o que dizia o óbito
todos queriam ler
o escrito é pra valer
mal súbito
mal súbito.

Ode a meu umbigo

Singelíssima cicatriz marcada em mim
amantíssima depressão de forma circular
e que te extasias com encanto resoluto
louvo em ti a proeza de estar sempre oculto
a despeito de admirabilíssima vontade
de te desnudares

mas quando te desvelas com contrariedade
especialmente nos já corriqueiros casos de
obesidade
piscas o olho de ciclope
como se o "big brother" fosses
vaidosíssima demonstração de tua humana
natureza

ordinariamente ó exibidíssimo umbigo meu
pudicamente te escondes sob a vestimenta
em contrariedade ao insitíssimo desejo
de te arrebatares
pois dizes ter nascido para a admiração de teus pares
como se dissesses eu sou o que sou tão somente

muitíssimo amas o centro do palco vaidosamente
como se adornasses feminino tanquinho
deixas de ser umbigo milagrosamente
passas com fingidíssima humildade a umbiguinho

e os desvairados deste encantado mundo
pensam sensações pudicas e indescritíveis
mágicas e inimagináveis encantos
como se fosses o repositório de todos os medos
e daqueles temores e recônditos segredos

e quando a odalisca saltitante corcoveia
e gira e volteia inebriantemente tal sereia
tornas-te caixas de pandora não reveladas
e negaceias o que em ti oculto guardas

"*USA, USA, USA, the prize is mine*"
em dúbia autoadmiração posto a pensar talvez estejas
pois sapientíssimo e bem determinado umbigo sejas
e exibir-te é o a que mais ardentemente anelas
"vivas, vivas, vivas" é o aplauso que esperas

não penses em teu egocentrismo incauto umbigo
que acima de tudo és do mundo a relíquia
não o umbigo do mundo não se sabe onde fica
e o mundo é vasto minúsculo umbiguinho catita

mas certo és do mundo o centro induvidoso
pois caso o centro do mundo não fosses
meu não serias o umbigo tão fantasioso
a justificar provérbio conhecido e tão chistoso
"ele pensa o centro do mundo seu umbigo ser".

A canção do bem-te-vi

Não é pedra de roseta
lei das doze tábuas
o discurso de Péricles aos aturdidos atenienses
lenda depois da TV de plasma
faca nos dentes
profetas sem rumo seu desespero
último lançamento do ano
emoldurado retrato três por quatro
(e essa ânsia de eternidade)
brancos arianos dentes de marfim

não Eufrates para submergir pecadores
pescadores em sua loucura lançam em vão
redes colhem CPF do planeta

e o bem-te-vi paira indiferente
a flor virtual não pode ser colhida.

É penalty

Zagueiro que se preza não se joga na área.
Arnaldo Cezar Coelho

A área lugar sagrado
zagueiro que se preza não se joga nela
governa despoticamente tal nobre huno
dirige o ritual com vigilante circunspecção
encanta ou espanta multidão sedenta
depositário da última esperança
de que a rede de seu time não balance

zagueiro que se preza
quando muito se ajoelha
beija medalhinha do pescoço
faz reverente sinal da cruz
cada vez que despacha bola e adversário ousado
para fora de seus sagrados domínios
adversário ousado que infringiu lei básica
lei elementar de entrar no torrão
zagueiro perdigueiro orgulhosamente protege

como o pastor guarda seu rebanho
e tem um cajado na mão
zagueiro que se preza levanta as mãos ao céu
em agradecida e etérea contrição
por respeitados os limites de seu domínio
zagueiro que se preza não se joga na área.

O homem que não tinha ideias para pensar

O homem que não tinha ideias para pensar
resolveu aprender yoga
yoga é mais difícil do que ter ideias
é mais difícil do que assistir TV
é difícil esvaziar a mente de todas as ideias não
pensadas
tornar seu interior silencioso e milenar
era o dilema do homem
que não tinha ideias para pensar

resolveu sussurrar interminavelmente as vogais
do alfabeto
aaa eee iii ooo uuu
era mais difícil do que não pensar
para o homem que não tinha ideias para pensar

contar carneirinhos pensou
os carneirinhos não obedeciam
passavam mais de um a um
passavam mais
passava o rebanho de Abraão

o homem que não tinha ideias para pensar
perdeu-se em seus não pensamentos
pensou ser melhor assistir TV
pensou o homem
que não tinha ideias para pensar.

Enigma

Apocalipse
Ulisses
cuba libre

"por que Deus amou o mundo de tal maneira"
o primeiro que souber me avise
estou muito cansado de mim mesmo

li no jornal que a população de sapos
diminuiu drasticamente
li também que a de homens
só faz aumentar
há risco para o equilíbrio ecológico.

The end

O fim
do amor
dor

o fim
da ira
mira

o fim
da fé
é

o fim
da ilusão
bom

o fim
da crença
imensa

o fim
da paixão
não

o fim
da solidão
o início

o fim
da fome
"the end".

Manhã de outono

Manhã de outono
ruas vazias
pés vadios
devaneios
bem-te-vis tocam acordes de trompete
Aída de Verdi

amendoeiras tecem bulevar
saborosas sombras sobre meus quietos pés
cão traz seu dono à coleira
recolhe o que colhe
passeio matinal celebra a vida

banca de jornal vende biscoito globo
balas coca-cola água mineral
jornal não
notícia somente na internet
propaganda *fake news* egos e egos

escondido entre prédios escondidos por vidro
fumê
botequim antigo pão na chapa
cafezinho desgastado coador de pano
desaparecem pouco a pouco da paisagem
passado distante para aqueles
que se empanturram de mcdonald's

esta é a lenda que se escreve
e aqueles que sobreviverem a Trump
ouvirão verão sem compreender
em moderna versão do youtube
outra lenda para se contar macia manhã de outono.

Apocalipse

Caem nuvens
sobem preces
sobem preços

faltam apreços
faltam abraços
sobram apertos

caem sonhos
sobram medos
faltam apreços

sobra enfim
um sopro
o fim.

Divagações

Mãos que guarnecem bolsos
pensamentos perdidos no marasmo da tarde
friozinho invade a alma sem alarde

olhos olham distante
buscam o desenho das nuvens
Lagoa deitada sob meus olhos
gaivotas pairam no ar
não decifro a magia de suas asas
cena muda para olhos famintos cegos
brilho do outono completude
linguagem inexorável universal

platitudes alimento almas sem dono
pira de fogo
queimam-se vaidades esperanças
dez padre-nossos e tantas ave-marias
todos os interlocutores do telemarketing estão
ocupados
todos os produtos consumidos
o espelho d'água da lagoa
a lagoa deitada sob meus olhos

fome insaciável de verdade das coisas
quem as decifrará
não há mais corifeus para enfeitar o coro
profetas para decifrar os sonhos de José
o Egito continua longe e inalcançável
mesmo para o mais delicado pensamento

já não é fim de tarde
não há mais outono
para confortar almas sem esperança
tarde para que os olhos compreendam
tarde até para dizer adeus.

In medio stat virtus – segundo volume

O solstício de inverno invade o dia frio do
Arpoador janela do mundo
vem do universo profundo
quanto a amplitude de minha míope visão sem
brilho

meço a solidão com a régua do silêncio
ciente de que não há telefone
que toque nesse deserto sem deus

não há canto de galo petulante
que rompa a impenetrável floresta de prédios
sem alma
como havia antes nos dias de fulgurante calma
lobo e cordeiro já não dividem a mesma habitação

habitava os dias sem medo os faustos dias de então
se perderam no torvelinho de lembranças sem
rótulos
herança de tantas primaveras sem viço ou fragor

não há emoção nos discursos dos senadores
nem veemência nos delírios de ira de tantos
que ouvem teimosamente essas palavras sem vida

pais já não abençoam filhos
mães contam-se nos dedos
lembranças vêm de documentos de antigamente

não há esquecimento no silêncio da dor
apenas essa cegueira sem luz sem cor

perplexa conformidade de homens vergados
essa minha fugidia certeza de finitude

calor remansoso no coração
tristeza daqueles dias idos
vista cansada
solstício de inverno
Arpoador janela do mundo.

A queda de Jericó

Nos dias soturnos invoco o auxílio dos deuses
imortais
colho sonhos obscuros com estas mãos transidas
de esquecimento
com estes olhos mais ardentes do que a sarça de
Moisés
esse desassossego e incerteza das coisas
que não são certas por serem coisas
por não serem coisas são certas

transito entre vultos anódinos
meio-homens em suas armaduras de plástico
de seus braços e de suas mãos brotam iPhones e
iPads
olhos brilham imóveis sol de meio-dia

nas noites soturnas também invoco o auxílio dos
deuses imortais
noites falsamente edulcoradas por pétalas
do futuro e de tarja preta
deserto antes de ser deserto
o deserto das almas dos homens
deserto desse silêncio que ouve apenas
o matraquear da máquina inquieta

voam amargos peixes de asas borbulhantes
seres sem discurso digladiam com retroescavadeiras
(as melhores são caterpillar)
bandos de urubus depositam delicadamente a presa
nos braços de seus senhores falcoeiros

tudo serena ao som das trombetas
que fizeram ruir os muros de Jericó.

Quem constrói o alvorecer

O sol lá longe distante
tépido grave brilhante
constrói o alvorecer
o galo e seu canto sonolento
co-co-ro-co-có anuncia o dia rompante
constrói o alvorecer

a lua constrói o alvorecer
com seu brilho de pirita
esconde-se vaidosa
após noite de garbosa ribalta

quem constrói o alvorecer
meu anjo Gabriel
suas asas em torno de mim
poder alado
meus dias de enfado
meu amigo fiel

ambiente propício
através da larga janela de minh'alma
o sol de fim de tarde não tarda
o verde-verde das folhas das amendoeiras
brilho límpido claro
efêmero brilho de novo
brilha a efêmera vida

as folhas não dizem adeus
discretamente sob o vento furtivo
sua linguagem vozes encantadas

pássaros aquietaram-se
não se ouvem pardais
sons de pacífico silêncio
separam o mundo do mudo
o contrário do alvorecer

um universo em mim
a ansiar por compreensão
busco em incontida desesperança
o universo além de mim

o alvorecer constrói-se a si mesmo
a tarde vespertina
há lógica nesse construir
lógica no continuar das coisas
lógica na finitude da humana esperança

com o alvorecer envelhecer
navegar pelas veias expostas
fugidia humanidade
passos trôpegos
marchar claudicantemente
sonho que sonha
o início o fim.

Chove em meu coração

Chove em meu coração
não conheço o caminho das baleias
nem o pelo qual viajou Ulisses
em seu transe até minhas veias

creio piamente em sereias
já sonhei com muitas até ao esquecimento
há deuses que um dia habitaram o oceano de mim
minha almazinha o anjinho aqui do meu lado
entretanto chove em meu coração

chove em meu coração
rios caudalosos irrigam meu coração
inundam ai de mim
fico assim à espera do milagre
partilhar sonhos canções
"minha terra tem palmeiras"
meus deuses onde estão
chove em meu coração

até quando choverá em meu coração
até o dia em que mãos o arrancarem de mim.

O semeador

Plantei palmeira bem no fundo do coração
palmeiras não guardam sombras sob suas cascas
nem voam ao abismo dos homens
como mariposas em direção ao sol
na cidade deserta casas empilham-se sem esperança

sonhos desperdiçados
amanhã talvez seja tarde para purgar a mora

não chore não baby
receberá no natal uma cesta básica
uma passagem classe executiva para Disneyworld
todas as promessas para o próximo ano

quem cantará para o menino vindo d'África
em seu féretro sem esperança
quem se sentará à mesa com seus fantasmas
chuva chove meu rosto lágrimas com gosto de sal
essa sede de cânticos pagãos
sonho sonhos desvairados
e nenhum deles valerá o prêmio pago
quando afinal o sol se for.

Não te guardes

Não te guardes para te lembrares de mim
quando já usares o verbo no passado
lembres agora que estou tão perto assim
ao alcance de teu abraço estreitado

não te guardes para te lembrares de mim
no insondável labirinto bem trilhado
lugar de sonho entranhado e entesourado
de guardar cores sons e cheiros de jasmim

não te guardes para te lembrares de mim
quando vagares sozinha e desolada
e encontrares fotografia descorada
de garboso arconte orgulhoso delfim

lembra agora devagar é chegada a hora
porquanto em vão por mim procurarás ansiosa
e em vez de presença plena amistosa
terás a ausência de quem foi-se embora.

Para ler as estrelas

Não posso ler as estrelas
apenas olhos míopes coração desesperado
lágrimas borbulhantes rosto cansado
larvas de vulcão enfurecido
rosto vincado não vívidos dias vividos

cachoeira altiva catedral esculpida na face da
montanha
dia escalada trilha perdida na memória
pensamentos não alcançam
devaneios enovelados idos
como ave de arribação

insculpir em massa sensível
sentimento afogueia a alma
intraduzível em verbetes dicionários inventados
exprimir sentimento solidão não
não conhecer o desenho
lousa rasga sob a veemência da escrita
coração parece disparar seus últimos brados
sobreviver na lembrança embaçada
confrontar ao fim
lembrança se esgarça
perder-se na viagem sem volta
a terra no peito aninhada

e o falcão peregrino
testemunha desse tormento
viaja o mundo inteiro
sem que haja alguém para ouvir
a lenda que se ouviu de mim.

Epitáfio

Dizem que reescreves o solilóquio de Hamlet
ou esse silêncio em que teimas discursar
não é menos que o de Péricles
aos anônimos infantes
que se encantaram
em Maratona Salamina e Plateia

em qual idioma viajam teus pensamentos
reverberas no peito senão lamentos
por não saberes de uma rósea manhã de outono
de uma borboleta vadia entrada pela varanda

a palavra mágica a senha veneranda
abra-te sésamo
hasta la vista baby
sonhas teus pesadelos febre terçã
tudo é senão esperança vã

ó poeta morreu a poesia bem sabes
teu ofício é o de carpideira desesperançada
óbito teimas em cantar em vão
vida breve morte esquecida
sem epitáfio epifania para celebrar

cala-te cala-te por Deus
teus silêncios são gritos
que já foram meus.

"Memento homo quia pulvis es et pulverem reverteris" ou O torturador que se diz arrependido

Para Felipe Santa Cruz

Há em mim uma busca esperançosa
de quem sou
pois sei que sou
mas é preciso que eu saiba que sou

minha busca passa por aquele Brasil
em que poucos tão poucos
lutaram e lutaram
sem saber que lutavam contra moinhos de ventos
uma legião deles
mas que feriam
e feriam
e matavam
como se matam os sonhos
que aqueles que vieram antes de mim sonharam
e o sonho deles em meu sonho se tornou
mas eu já sabia
que moinhos de ventos
não são moinhos de ventos
mas máquinas de moer sonhos

daí que os procurei
pois se queria descobrir
quem sou
queria dizer
que moinhos de ventos não são moinhos de ventos

e assim ligar o meu
ao destino daqueles poucos
que queriam tornar a visão do horizonte
numa visão diáfana e perene
em que leite e mel parecessem bens
que a todos fossem partilhados
como aqueles que lutavam
e lutavam
sonhavam que fossem partilhados
e compartilhados

mas aquela era uma terra
em que moinhos de ventos
eram máquinas de moer gente
triturar gente
tornar gente não-gente
tornar gente sequer semente

fui gerado dessa gente
e esse desejo pungente
de desvendar o mistério de mim
me leva a essa incessante busca
que não é somente minha
pois somos frutos
muitos e relutantes frutos
que não aceitam o esquecimento
pois esquecer é negar
e negar é dizer que não sou
(e eu sei que sou)

aqueles que sonharam
não deixaram de ser
e se seus espíritos embalam meus sonhos
também afligem a alma dos moinhos de ventos
pois a procura que procuro
parece ser o que tentam esquecer
meus anelos
e
seus pesadelos
tecem uma outra contenda

o campo dessa luta que me enche de esperança
é o campo em que moinhos de ventos
tombam sob o peso do medo
(não do arrependimento)
pois não somente temem Hades
como suspeitam
de que há muita luta para lutar
pois o ciclo é longo e contínuo
do pó ao pó
do vir a ser ao não-ser
daqueles que me fizeram ser
aos que hão de ser de mim.

O milagre

I – Prelúdio

Foi quando soube do significado dessa palavra
a primeira que o vento trouxe
à seara perdida em alfarrábios
labirintos inextrincáveis
são tantos os símbolos
fazem nascer o sol toda manhã no Arpoador
quem me falou da palavra deus
viajou por paragens paralelas perdidas
lendas vindas d'África
foi assim que talvez tenha sido
quem chamou de canto o primeiro som da cotovia
quem o diferenciou de outro canto
este é um canário
qual foi a primeira palavra
que o generoso depositário das coisas
de todas as coisas
dos sonhos da manhã de outono
as mais belas
das noites de escuridão
rompida pelo estalar do raio
barulho do trovão vem depois

> "estamos aqui para dizer:
> casa, ponte, árvore, porta, cântaro, fonte,
> janela – e ainda: coluna, torre...
> mas para dizer, compreende, para

dizer as coisas como elas jamais
pensaram ser intimamente".

foi o tempo no tempo
em que sabia que não sabia
e quase era santo
ó mas quanto pecava em minha santidade
como o brilho das asas da varejeira
parada no ar espia
era o tempo em que não sabia
e a palavra entranhou-se nas coisas
surgiram as flores a dor o estertor da morte
metamorfoseada grande ceifadora
e houve então a nudez o sabor o sal
a tristeza incontida da insignificância

tudo é tão fugidio
a nuvem forma indizíveis formas enigmas
era talvez um bom tempo

II – Alegro

eram margaridas
abraçam umas às outras
talvez dissessem da finitude dos sonhos
dos alquimistas que diziam
dizem da existência deles

os sonhos morreram
morrerão um dia
os alquimistas estranharam
entranharam dedos nas vísceras das estrelas
nas dobras das pedras de sempre
das pétalas também
soltaram-se como se soltam os filhos
arremetem-se os filhos
soltam-se as gotas de chuva
as lágrimas também se soltam
nada é permanente nem eterno
o que a vida retém reteve em suas entranhas
quem sabe é o tempo finito infinito
a corola parecia de luminosos girassóis
luminosos como o olhar brilhante do gato
que espreitava o tênue pôr do sol
a deslizar sobre a pele lisa da rua sem fim
candeias elos formavam correntes infindáveis
incontáveis como os sonhos que José sonhou
que se lembra deles

e as palavras saltitavam álacres
pura música para os sentidos todos
era assim no início das coisas
talvez fossem sons
um dia quem sabe saberei o que eram

III – Largo

vieram planícies infinitas
chamadas de planícies infinitas
infinitas quanto grãos de areia do deserto infinito
chamados de grãos de areia do deserto infinito
infinitos passos percorreram essa infinitude
deles há registros arqueológicos
e a infinitude do tempo
a perenidade do vento
a perenidade do vento siroco
vento diferente desse que meu nariz aspira
e que se chama sopro de vida vivida

o milagre alcançou lugares inalcançáveis
exceto para o descortino da águia majestosa
deu-se a esses lugares o nome de lugares
inalcançáveis

e vieram os rios ah os rios oceanos
e os oceanos mares todos vieram
chamaram-se rios mares oceanos
e continentes antártidas atlânticas hades

inventaram-se novas palavras novos idiomas
que o homem edificou com engenho e arte
e as plantas chamaram-se a si mesmas de plantas
e deram-se nomes aos planetas
mercúrio vênus marte

e ao fim do homem deu-se o nome de morte
e inventaram-se milagres e milagreiros tantos
símbolos fonemas ritos hieróglifos
e no sétimo dia viu Deus que era bom

IV – Finale

multiplicou-se o milagre
novas línguas para contá-lo
metáforas maviosas enfeitaram-no
dicionários enciclopédias biblioteca da Babilônia
biblioteca da Babilônia o fogo lambeu

> "Musas, que o Olimpo habitam, vinde agora,
> sem falhas contar-me,
> pois sois divinas e tudo sabeis; sois a tudo
> presentes;
> nós, nada vimos; somente da fama tivemos
> notícia –
> os nomes, sim, revelai-me, dos chefes dos
> Dânaos".
> ...
> "Abraão gerou a Isaque
> e Isaque gerou a Jacó
> e Jacó gerou a Judá e seus irmãos"
> ...
> e contaram-se catorze gerações

mais catorze gerações
e catorze outras mais".

e o homem é diferente da flor
e a flor é diferente da onça pintada do cerrado
e a onça pintada do cerrado é diferente
do campo semeado de futuro
e quem o colherá
e a terra ora é fecunda como o homem que a rega

e a terra ora é estéril como o homem que a renega
pois é da natureza do homem
ora regar ora renegar

e quando não mais havia semente a semear
inventou-se a posse o dono o danado
o menor abandonado inventou-se também
ao menor abandonado deu-se o nome de
menor abandonado
não se deram nome ao boi e à vaca abandonados
nunca houve boi ou vaca abandonados

e foi como se o sonho desvanecesse
e foi como se o milagre da palavra desvanecesse
como é próprio dos sonhos
tanto os bons quanto os ruins
e se Deus descansou no sétimo dia
quem sabe um dia desperte do pesadelo

V – Coda

a palavra fez nascer vilas inteiras
magicamente uma amendoeira
tornou-se ela mesma um universo tão insondável
quanto o olhar distante daquele
acaba de divisar as bordas do Hades
depois de navegar pelo rio subterrâneo
da mãe generosa de suas entranhas
veio o alimento
que anestesiou aquela geração
canções de protesto a palavra me ensinou
orações mecanicamente repetidas a palavra me
ensinou
verdades incontestáveis
o operário na cadeia
o operário na cadeia de produção
"fiat lux" a sabedoria
a máquina de cartão de crédito senha "1984"
Hiroshima Nagasaki fila do INSS
foi assim que a palavra quase morreu
vieram médicos paramédicos SAMU
padres bispos filósofos vieram
vieram deuses
veio Deus
veio a intolerância
a palavra inventou a palavra solidão
moto contínuo Pedra de Roseta
diz o youtube

a palavra encerra
o fim de todas as coisas

sustentar a palavra
dói tanto quanto o sol de verão
quando entranha nos ossos
mítico misterioso ofício
como o batismo da criança da cria
da cria um dia andou com as próprias pernas
duendes saltitantes orfeus eurídices
no oriente falavam-se outras palavras
não era o tempo de Babel

hoje é o tempo de Babel
os homens sabiam-se uns dos outros
olham o caleidoscópio com espanto
como se fosse o milagre da vida

dizem que a palavra voou
há testemunhas ainda maravilhadas
rumor de vento monção
silenciosas prisões aguilhoam almas sombrias
quartos escuros encerram a palavra
morre a palavra

outro ourives volta a tecer seu silêncio
novas chamas saltam
da fricção das pedras.

Índice

Acabou-se de imprimir
Da amendoeira da minha rua,
em 15 de dezembro de 2018,
especialmente para Ibis Libris.